大震災五七五の句集

負げねっちゃ

方言を語り残そう会

発行：銀の鈴社

はじめに

平成二十三年三月十一日　午後二時四十六分に巨大地震が起こり、その後発生した巨大津波により多くの方々が犠牲になりました。心よりご冥福をお祈り申し上げますと共に、被災された皆様には謹んでお見舞い申し上げます。未曽有の災害の大きさがテレビや新聞で報じられる度に心が痛みます。変わり果てたふるさとが一日も早く元気な姿に戻り、みんなが笑顔で安心して暮らせる日がくることを祈っております。

「方言を語り残そう会」は、方言は祖先からの無形の遺産であり、後世に語り残すことを目的として活動しております。この度の大震災でのありのままの気持ちと、心の叫びを形として残したいとの思いから、被災された方々のお話を伺い、地域の文化を守り残すという意味も含めて、多くの方から名取の方言で句を寄せて頂き「震災五七五」の句集ができあがりました。

私たちは微力ではありますが、共に手をとり一歩一歩前に進むお手伝いができればと思っております。今後ともご助言・ご指導の程よろしくお願い申し上げます。

方言を語り残そう会

目次

行って来っから母ちゃん……6
地　震……12
津　波……17
避難所……29
仮　設……36
新　盆……42
ボランティア……46
未　来……49
雑　詠……52
方言で震災を詠むこと……56

トントントントン
母ちゃんの音、大根のひぎな《千切り》のおつよ《味噌汁》だ。

「早ぐ　まんまけぇ」

「んー　分がったぁ」

いづもど　おんなじ　朝だった。

「行って来っから」
いづもどおんなじ朝だった
うそだべ町は　どごさいった
「ただいまぁ」って言わんねのが
今でもまだ　夢見でるみでだ

あんどぎ　待っていだんだってが
おれが　むげさくんのば
…ごめん ごめんな 母ちゃん

痛でがったべ　寒んむがったべ
ごめんごめん　迎《むげ》さいげねくて
あっちの世界で　笑っているが
今朝のまんまは届いたが

涙も出ねぇ　なんぬも感ずねぇ
心がねぐなったがど思った
ほんとは　ほんとは　んでねんだ
見ねよにすったがら

見だぐねぇど　目をつぶっていだげんと
「忘れねで」って
あの日の笑顔が言っていだ
おら家《い》も町も言っていだ

地　震　12

どでんすて《びっくり》　はだす《はだし》で逃げで　ひっころぶ《ころぶ》

まんぜらぐ《地震、雷の時に唱える言葉》　早ぐおさまれ　神だのみ

ぐいら《急に》きた　何だこの揺れ　悪夢かな

なぬもかも とどろねがった《散らかった》 家の中
かっちゃん《母ちゃん》に 寄ったがってる《集まっている》 わらすだづ《子どもたち》
仏壇も あまりの揺れに 跳ねおぢだ

地　震

飛び出すた　けっつまづいて　あがむぐれ《擦りむいて赤くなる》

震度七　おっかがる《寄りかかる》もの　みな揺れだ

強い揺れ　ひとり留守居で　あわくった《慌てた》

何けりも《何回も》　やみ夜の余震に　起こされる
ばんきりに《その都度》　えぐねに《家の周りの林》逃げで　ももたった《筋肉痛になった》
おっかねぇ　地震に津波　わせんなよ《忘れるなよ》

地　震

地　震

あの日がら　あんべ《案配・具合》悪くて　力でねぇ
どでんすて《びっくりして》　何にもでぎね　震度七
地割れすて　電信ばっしゃ《電信柱》　横っちょ《横に》むぐ《向く》

17 津　波

ごっしゃぐで《怒るぞ》 巨大津波の バガヤロー
どごさある おらい《私の家》の戸の口 今はなし
流されだ ががど《妻と》築いだ 思い出も

土台だげ　残った敷地に　すぐだまる《うずくまる》

ねぐなった《なくなった》　お墓のあど《跡》さ　カンナ萌ゆ

大津波　夢にうなされ　跳ねおぎ《起き》る

ろうずあど《庭の跡》　おがだ《妻と》育でだ　咲く花よ

ここはどご　家も木小屋も　えぐね《家の周りの林》もね

まんぜらぐ《災害時に唱える呪文》　唱え届かず　大津波

やくさら《ことさら》に　月冴えて見ゆ　三・一一

断捨離も　さっぱどなった《さっぱりとしてしまった》　津波あど

みな流れ　闇夜にうぎる《うかぶ》　月ひとつ

大津波　いぐねもかぶり　からびだよ

家の周りの林も波を被り　枯れてしまった

グヂャグヂャに　なった車が　木に登る

死《す》んでらんね　屋根から屋根と　飛び移り

大津波　東部道路を　とんのごす《飛び越える》
スカの松　いぐね《家の周りの林》の風景　今はなし
がれきから　孫のチャップ《帽子》に　涙する

政宗も　どでんすたべな《びっくりしただろう》　大津波

がれき山　初恋写真の　おどげなし《顎(あご)がない》

くやすいな《悔しいな》　泣ぐでぐなっちゃ《泣きたくなった》　負げねがら《負けないぞ》

おったまげだ《驚いた》 家も車も のまれでぐ
街道《けいど》で 逃《ぬ》げろ逃《ぬ》げろど がが《妻》の声
帰《け》っからど《帰るからねと》 声だけ残し いまだ来ぬ

おがちゃん《母ちゃん》は 俺がら離れ 星になる
ゆるぐねや《楽じゃない》 車で逃げだ 水の中
わらわらと《急いで》 てんでに《ばらばらに》逃げで 助かった

27 津　波

らんば《墓場》まで 津波が襲い 砂の庭
いっちょめに《一人前に》 津波の話に 猫《ねこ》も入り
でっけぇ蠅《へえ》 津波の臭い もってくる

炊き出しの やぎ飯《おにぎり》ひとつ 分げで食べ

避難所の わらす《子ども》子の声に 癒される

まざらいん《仲間に入りませんか》 誰かれ言わず 大家族

避難所の　おだず《ふざける》わらす子《子ども》　ご愛嬌
少し派手　おしょすいげんと《恥ずかしいけど》　似合うがな
水・電気　長ぐ途絶えで　がおったな《参ったな》

避難所の かんじょ《便所》遠くて むぐれそう《漏らしそう》

ばやっくら《奪い合い》 すね《しない》で分げだ 見舞い品

避難所が 見えでで遠く うざにはぐ《難儀する》

ゆがすいと《気がかりで》　電話通じず　がおる《困る》父

おっぴさん《曾祖父母》　ちぴちょ《急須》壊れて　ティーパック

もらいもの　ちょぺっと《少し》ずつでも　わっぷする《分ける》

のおのおど《のんびりと》　田畑の仕事　すてみでや《してみたい》

まっさぎに《真っ先》　やぎ飯《おにぎり》もらって　はしゃぐ孫

狭っこい　紙の区切りで　寝起きする

けっと《角巻き》まぢで　寒さをしのぐ　仮ずまい

しょんべ《小便》たれ　臆病たがりで　起ぎられね

いずくとも《しっくりこないけど》　救援服の　暖かさ

避難所

炊き出しの 列のドロッペ《最後は》 ここだべが

眠らんね なじょにすっぺや《どうしようか》 がおったな《参ったな》

避難所で 軽い運動 がんばっぺ

35 避難所

節電で ゴーヤチャンプル 毎がだけ《毎食に》
あがっせや《お上がり下さい》 から茶一ぷぐ あったけえ
いづの間に おらいさがいんの《私の家にいらっしゃい》 友となり

仮設

花づくり つづごね《土いじり》出来ぬ 仮住まい

節電と 暗くなる前 しっしょ《風呂》へ入る

慣れねのが ずぐねる《駄々をこねる》おぼこ《幼児》 仮設かな

今は亡き　横座《主人の座席》　空いでる　座イスだけ

案ずごど　なぬ《何》も手つかず　六か月

保存食　ちょぺっと《少し》ずつでも　おすそ分け

仮　設

一人では　なじょする事も《何をするにも》　うざにはぐ《難儀する》
しゃがらなす語り《余計な事を言う》　疲れをぶっ飛ばす
いばいんちゃ《行きましょう》　たまのおしゃれで　出がげっぺ

仮　設

まがってみっか《のぞいてみる》 今日も声かげ おはよがす《おはようございます》

行ぎけえり《行き帰り》 おごご《つけもの》持参で 顔を出す

話し聞ぎ おっかねごったど《恐ろしい事と》 見舞い客

仮設

日よけにと ゴーヤのカーテン はやらがす《流行らせる》
案ずでだ 友はとなりの 家にすみ
おらはここ あんだらどっち となり越し

新　盆

帰《け》ってこな　迎え火焚ぐがら　まよわねで

墓参り　時たま来ると　手を合わす

としょった《老いた》父　母《がが》の新盆　ぎんみする

ノンアルコール 飲んでよっきる《酔いどれ》 墓参り

ばっちゃんや 今年の盆は けらんねど《帰られないよ》

いじゃったの《会ったの?》 たまげったべなあ《おどろいたでしょうね》 ご先祖さん

新 盆

新　盆　44

まにわ《前庭》では　花火を上げで　母を待つ
おあんつぁん　好ぎなもっきり《コップ酒》　供えるよ
おどっつぁん　席のあんべは　いがすべが《良いですか》

盆踊り あげいしょ《晴れ着》似合う わらすだづ《子どもたち》
新盆も いっとぎ《一時》だげで すげねぇな《物淋しい》
送り火に ごっつぉ《ごちそう》囲み 生ぎるから

新　盆

来てけだの《来てくれた》 ありがでごだ《ありがたいこと》 わしぇらんね《忘れない》

わらす《子ども》達 夢は自衛隊と 自慢顔

ありがとう 何けり《何回》言っても まだ足りぬ

でろまぶれ《泥まみれ》 ボランティアさん 感謝です
アルバムの でろをはだげで《泥を払って》 胸いっぱい
でろ《泥》だらげ きのな《昨日》も今日も でろだらげ

47 ボランティア

ボランティア 疲れて帰って 着どごろ寝《うたたね》
他所《たしょ》からの 力を借りて 立ち上がる
知らぬ顔 共にかしぇいで《働いて》 汗流す

閖上《ゆりあげ》よ 泣ぎべそかぐな 恵みの海
後ろ見ず 横っちょ見ねで 前を向け
負げらんね 北釜メロン 世界一

産声が　明るいあす《明日》たに　光さす
あぎらめねぇ　生まれた町は　捨てらんね
負げねっちゃ　諦めねっちゃ　生ぎるっちゃ

負げねがら 必ずもどる ふる里へ
がれき山 なでしこの咲く 希望かな
がんばっと 仮設に背を向け 笑みつくる

未　来

天罰か ぶっちゃげ《壊れる》ごっしゃぐ《怒る》 地も海も

ほでなすで《あさはかに》 死の町なんて かだんなよ《語るなよ》

草ほぎる《伸びる》 復旧復興 追っ越して

震災後　までいに《倹約して》使う　水・電気

うつぐすい《美しい》　祈りの花火　空こがす

U字溝　がおった《弱った》どじょうも　生きかえる

もぞこいど《かわいそうと》　鍋さシチュー　持ってきた

何がらすっぺ　背中押されて　がんばるど

今はねぇ《無い》　とやに《魚市場》響いだ　競《せ》りのこえ

ハマボウフウ もたもたすんな 萌えっこ出す

秋風に 水ます稲の 立ち姿

もはやだよ《もうすぐだよ》 鈴虫ないて 穂がたれる

方言で震災を詠むこと

佐々木 健（民話語り手）

時が過ぎれば忘れ去られてしまうことが多いのに気づかされ、加齢とはこういうことかと思っているが、この度の三月十一日の震災は何かが違っていた。あの日から世の中が変わったような気がする。

民話の会が終わった後の雑談や、仲間たちとの会話の中で感じたことは、まるで、何か得体のしれない大きな闇の手に背中を捕まえられたような、不安な感じを誰もが共通して持っているということである。

「復旧・復興」の声の中で、この巨大地震について語り継ぐことを忘れてはならないし、災害列島に住む者としてこのことについてもっと深く考えなければならないと思っている。そんな時、二つのイベントの案内が届いた。

一つ目は、「第七回みやぎ民話の学校」が南三陸町のホテル観洋で開催されるとの知らせであった。

東日本大震災の状況を語り継ぐために、声なきものの声を聴き、形なきものの形を刻むというものであった。ただ心配したのは、開催の日程が八月二十一・二十二日だったことである。準備や被災した方々のことを考えるとイベントを開催しようと決めたのはいつだったのだろうと思った。

身内が死んだり家が流されたりした人がいる中で、悲しい事実を冷静に語れるものなのだろうか。しかしながら発表した皆さんは大変すばらしかった。体験したあるがままを声にして、多くの人に伝えたいという高い志があり涙なしには聞けなかった。昔語りの原点に触れた思いであり、本当に大切な宝物を貰った気がした。

二つ目は名取市の方言を語り残そう会の活動で、東日本大震災のことを方言句で詠み、形にして後世に残そうという取り組みだった。昨年は「名取方言かるた」を作るが、会のメンバーは被災した人たちに少しず心の中にしまってあるいろいろな思いを吐き出しらい、たとえ辛い体験であってもそれを言葉にすることで、心の重荷をほんの少しでも軽くして、あの日を忘れないためにも多くの声を句集という形にして残すことが語り残そう会の使命と考えている。本当は思い出したくはないであろう巨大地震や巨大津波の体験を声に出し残すことで、犠牲になられた多くの方々と大切なふるさとへの鎮魂となることを私は信じている。

『負げねっちゃ』 ―重版にあたって―

被災地支援で私たちにできること―
出版社として、被災地の方々の心に寄り添い、また現地の工場への注文であと押しを―と一歩踏み出しました。

かわいいこの本は、底力がみなぎっています。手にすると、不思議な力が湧いてきます。
負げねっちゃ、負けるもんか。
人から人へ　かわいい心の伝書鳩です。まわりの方々にどうぞバトンを渡してくださいますように。

銀の鈴社　一同

NDC911
初版発行　2011年10月 ／ 新装版発行　2012年３月31日
新装 第２刷　2012年７月20日
新装 第３刷　2012年10月10日

定価：本体価格500円＋税

大震災五七五の句集

『負げねっちゃ』

初版発行　方言を語り残そう会
代表　金 岡 律 子
編集　伊 藤 恵 子

新装版発行　株式会社 銀の鈴社
代表　西 野 真由美
〒248-0005
神奈川県鎌倉市雪ノ下3-8-33
TEL　0467（61）1930
FAX　0467（61）1931
URL　http://www.ginsuzu.com/
E-mail info@ginsuzu.com

印　刷　有限会社　印刷センター
宮城県名取市増田字柳田676番地
TEL　022（384）1335

ISBN 978-4-87786-888-8 C0192 ¥500E